淡水湖書簡

葉莎——詩・攝影
李瑞騰——主編

總序

二〇二四，不忘初心

李瑞騰

一些寫詩的人集結成為一個團體，是為「詩社」。「一些」是多少？沒有一個地方有規範；寫詩的人簡稱「詩人」，沒有證照，當然更不是一種職業；集結是一個什麼樣的概念？通常是有人起心動念，時機成熟就發起了，找一些朋友來參加，他們之間或有情誼，也可能理念相近，可以互相切磋詩藝，有時聚會聊天，東家長西家短的；然後他們可能會想辦一份詩刊，作為公共平臺，發表詩或者關於詩的意見，也開放給非社員投稿；看不順眼，或聽不下去，就可能論爭，有單挑，有打群架，總之熱鬧滾滾。

作為一個團體，詩社可能會有組織章程、同仁公約等，但也可能什麼都沒有，很多事說說也就決定了。因此就有人說，這是剛性的，那是柔性的；依我看，詩人的團體，都是柔性的，程度當然是會有所差別的。

「臺灣詩學季刊雜誌社」看起來是「雜誌社」，但其實是「詩社」，七、八個人聚在一起，辦了一個詩刊《臺灣詩學季刊》（出了四十期），後來多發展出《吹鼓吹詩論壇》，先有網路版，再出紙本刊；於是就把原來的那個季刊，轉型成學術性期刊，稱《臺灣詩學學刊》。我曾說，這一社兩刊的形態，在臺灣是沒有過的。這幾年，又致力於圖書出版，包括同仁詩集、選集、截句系列、詩論叢等，迄今已由秀威資訊科技出版超過百本了。

根據白靈提供的資料，二〇二四年的出版品有六本，包括斜槓詩系二本、同仁詩叢四本，略述如下：

「斜槓詩系」是一個新構想，係指以詩為主的跨媒介表現，包括朗讀、吟唱、表演、攝影、繪圖等，包括：（一）《雙舞：AI・詩圖共創詩選》（郭至卿及愛羅主編）、（二）《李飛鵬攝影詩集》。李飛鵬是本社新同仁，他是國內著名的耳鼻喉科醫師，曾任北醫院長、北醫大學副校長，在北醫讀大學時就開始寫詩，也熱愛攝影，詩圖共創是其特色。至於《雙舞》，則是本社「線上詩香」舉辦的「AI・詩圖共創」競賽之獲選作品，再加上同仁及詩友發表於「線上詩香」的AI・詩圖共創作品，結集而成。「線上詩香」是本社經營的網路社團，是一個以詩為主的平臺，由同仁郭至卿主持，原以YouTube、Podcast運作，主要是對談，賞析現代新詩文本，具導讀功能；惟近來已有新的發展，那就是以詩為主的跨媒介表現，亦即所謂「斜槓」，為與時潮相呼應，二〇二四年舉辦了兩回【AI．詩圖共創】競賽，計得優選和佳作凡四十件。參賽者將自己的詩作以AI繪圖，詩圖一體，此之謂「共創」。對他來說，「詩」以文字為媒介創作；至於「圖」，以其表達意志結合AI運作生成圖片。所以這裡的要點是，詩人想要有什麼樣的圖來和他的詩互文？又如何讓AI畫出他想要的圖？另外一種情況是，操作電腦生成圖片者如果不是詩人自己，那麼他對於詩的理解將大大影響圖之生成。與此相關的議題很多，需要有專業的討論。我們在本書出版之前，先在中央大學舉辦以「AI．詩圖共創」為名的展覽和論壇（十月十五日），建構新詩學。

「同仁詩叢」今年有四本，包括：（一）李飛鵬《李飛鵬詩選》、（二）朱天《琥珀愛》、（三）陳竹奇《島嶼之歌》、（四）葉莎《淡水湖書簡》，詩風各異，皆極具特色，我依例各擬十問，請作者回答，盼能幫助讀者更清楚認識詩人及其詩作。

詩之為藝，語言是關鍵，從里巷歌謠之俚俗與迴環復沓，到講究聲律的「欲使宮羽相變，低昂互節，若前有浮聲，則後須切響」（《宋書・謝靈運傳論》），是詩人的素養和能力；一旦集結成社，團隊的力量就必須凝聚，至於把力量放在哪裡？怎麼去運作？共識很重要，那正是集體的智慧。

最後我想和愛詩人分享一個本社重大訊息，那就是本社三刊（《臺灣詩學季刊》、《臺灣詩學學刊》、《吹鼓吹詩論壇》）已全部從紙本數位化，納入由聯合線上建置的「臺灣文學知識庫」。這應該是臺灣現代詩刊物的首創，在「AI・詩圖共創」（展覽和論壇）於中央大學開幕的次日（十月十六日）下午，聯合線上在臺北教育大學舉辦「從紙本雜誌到數位資料庫——臺灣詩學知識庫論壇」活動，由詩人向陽專題演講〈臺灣詩學的複合傳播模式〉，另邀請本社社長與主編群分享現代詩路歷程與數位人文的展望。

臺灣詩學季刊社與時俱進，永不忘初心，不執著於一端，恆在應行可行之事務上，全力以赴。

葉莎答編者十問

李瑞騰、葉莎

一、知道妳愛寫詩和愛攝影，我不免想起這兩種創作的異同：詩是連綴文字成篇，一首獨立的詩文本，其內在時空可能連續且重層；而訴諸視覺的攝影，一個獨立文本是瞬間捕捉空間景象。因此，當它們並置編排，基本上不屬於對等狀態，很難完全互文，試將一個詩文本精細分鏡，可能需要多張照片才能完全和詩相對應。我這樣說，似要指出妳在《淡水湖書簡》中詩圖構成之困難；妳怎麼看？

答：

抓住某一段影像並由視覺引發的心之聯想，在我十餘年的攝影經驗之後變得十分容易；影像和詩本來就無需對等存在，如果對等存在，圖像就會無形中變成框架與束縛，反而阻礙了詩創作的寬廣性與自由性。影像詩你可以看做是跨界的存在，也可以看做是影像的另一種意義。寫詩時我時常只將影像看做詩引，詩在圖像之外，可以依附也可以獨立存在，讓影像與詩或連結或對位或錯位，我覺得皆不妨礙影像詩的創作，並且能輕易建立一個詩中有畫畫中有詩的美感，不同的只是創作者個人的選擇。

目前的創作我只將圖片中某一元素當成符號藉當時的心靈活動加以延伸、繁衍。回想最初寫的影像詩，詩圖時常是對等的，流於看圖說故事的模式，這對於創作是十分不利的。詩既然可以獨立存在，為什麼我還是執意保留影像的位置？那是因為我認為影像在我們的生活中時時刻刻接觸且無法閃避，影像詩既能保留現實的影像也讓非現實的想像彼此共生而不相違背。另一個更長遠的企圖是我有許多攝影界的朋友他們也喜愛詩，我想藉著詩的創作，讓他們在攝影時除了攝影眼之外也要帶著「心之眼」去攝影。

二、「淡水湖」是一方什麼樣的湖泊？有一個實體的湖？還是座落於妳心懷之中？

讀妳的〈淡水湖〉，二者皆可能。我看妳直接說它是「蓮池」，「蓮」且是主要敘寫之物，妳以「寂靜」寫蓮池，以「恬靜」寫蓮之面容，以「靜立」

寫孤僧生前在湖畔，以「清澈如一面鏡子」寫湖面，最後以蓮的諧音「連」寫蓮生蓮滅。這是妙法蓮華，是嗎？詩集中，佛法入詩的情況如何？

答：

我時常去桃園觀音「莫內的花園」用餐，那裡吸引我的除了一個令人醉心的湖泊之外，漂浮於湖面的蓮葉和蓮花也時常讓我流連忘返。「淡水湖」藉著美麗的蓮池延伸進入自己內心的湖，是走過半生之後對於世相的冷眼看待和咀嚼，彷佛一切都沉靜了，紅塵的滋味也淡了。退休之後我的生活真正進入了另一種境地，一來是閱讀需要大量時間，二來也深刻體認浮沉人世最重要的是面對自己的內心的聲音，我渴求安靜也盼望不受干擾，所以刻意減少了許多不必要的人際應酬，安心在鄉下過著遺世而獨立的生活。

這首詩和妙法蓮華經沒有關聯，寫詩的時候我想呈現的是個人對世事的體認和觀點，所以常常強調詩人要努力追求的並非寫作的技巧，而是提高思想和心靈的層次；思想和心靈的層次提高了，詩的層次才會提高。我想將佛法入詩不是我寫作的要點，佛法用來潛移默化改變人性，修持自身圓滿，若要在詩文中呈現，那必定是佛法中的某一觀念已將心淘洗千萬遍之後的心之呈現。

三、長滿蓮花的湖之外，有黑冠麻鷺低沉叫聲且日暮幽遠的湖畔，乃至於那座晚熟的水塘、蹄子累了的馬所呼喚的仁慈的湖泊，以及有鵝、有鴨、有一聲聲蟬鳴的寬容的湖，多少事在此發生，又有多少次生之體悟，因之這湖已具明心見性功能，妳能回應關於湖的象徵嗎？

答：

我喜歡河喜歡湖喜歡大海，從小不愛吃魚，我總是笑稱可能跟我屬雙魚座有關。「看河」的時候我時常與「聽河」一起進行，水流湍急或緩慢是否經過亂石阻擋或落葉塞滿，聲音皆不同；湖泊安靜與大海遼闊則更引人入勝。從前讀到王陽明的〈蔽月山房〉「山近月遠覺月小，便道此山大於月。若人有眼大如天，當見山高月更闊。」印象很深刻，這種辯證的思維從小在我的思維中已經存在，後來在寫作中也時常被我運用。

我喜歡老師這樣的提問，人們在湖面所看見的植物，其根莖時常存在於看不見的水面下，或漂浮或深植於土，各具心性，土腐或土不腐，雖不會影響植物花開的美麗，但仍有掩不去的氣息，就像人天生的根性，根性屬善或根性屬惡通常也不是光看外表或言談就能看出，大抵都要在遇見非常事件時，才能見到這個人真正的心性。

湖若清明則能鏡，湖若遼闊能容天地，湖若枯竭則見真實，湖若氾濫則見殘暴與兇猛，不能說是湖之過，因為湖之轉變全因境遇之變。大部分浮游生物、蛇類與魚類都在湖裡自然生滅，唯有人類不同，有人在陸地生但選擇在水裡死，小時候常常村裡遇見這樣的事，村裡的人總要沸騰好一陣子，我那時候就想這也不足為奇，萬物都會選擇最適合自己的地方生滅，或許他前世是魚，只是回到自己的江河而已。

四、我不只想問湖，也想了解其他與水有關的題材，譬如河流，有「時時在夜的心中奔馳」的「一條河流」（〈時光的枯枝〉）；而「河流之心」是不是就是我之心（〈河流之心〉）；什麼是「禾本科河道」？「日日守望的河流」為什麼「有魚出現又無故消失」？（〈禾本科河道〉）這些，只是一些，河流隱喻著什麼？

答：

在〈時光的枯枝〉這首詩中，寫的是對時光消逝的喟嘆、半生的奔忙及流失的情感；〈河流之心〉寫的就是自己的心，許多痛苦歷練如今想來都是善的指引，而在〈禾本科河道〉中，書寫的是我家前面的水圳，在秋天的時候河岸上時常長滿菅芒花，河水滿溢時常常有魚，乾涸時又全然消失，這是現實的情境，但是詩中描繪的雖是河流，其實是守望的家園和消失的親人；這幾年無論寫詩或不寫詩，我時常在現實和超現實中穿梭，這當然和我在修行之中遇見許多奇異的事件有關，從此我明白實並非實，虛並非虛，實在虛中，虛在實中不存不見也互存互見。

老師問河流隱喻著什麼？河流隱喻的是生命的本質是變也是不變，若論表象是時時刻刻在變異，若追根溯源變異的本質，河流只是回歸原來的自己，所以是不變。所以我寫：「這個世界總是沉入又上升／如菅芒花在風中難以自持」

五、還想問樹，以及一個豐饒的植物意象群。但妳通常不是直接詠物，而是一個存在的處境，物我關係諧和。我想請妳談談植物入詩的情況。

答：

在我居住的鄉間，植物的數量比人類多出很多，也可以說我和植物相見的時光比和人相見的時光多出很多；也因此植物的生長、開花或凋零的時刻，也時常在我關注的範圍內。在我的詩中我寫過的植物都非特種植物，像霍紫荊像鬼針草像苦楝樹等等，他們在我居住的環境中存在，是我的好朋友。

樹葉和風的互動十分微妙，我既是旁觀者也是真摯的傾聽者。我曾拔起農夫噴除草劑而枯黃的鬼針草觀看它死亡的狀況，發現農夫殺死的只是地面上的枝葉，在泥土之下的根莖；其實長滿了許多茂盛的新芽，正向其他方向竄出，植物在大自然中生存的本能讓我十分讚嘆！我也曾跟著愛犬去尋找屬於牠醫治腸胃病的草藥，在牠一路仔細嗅聞並停下來嚼食中，我認識了居家周圍有哪些植物看似卑微渺小其實於犬類是良藥。於我，詩只是生活和心靈的忠實呈現，一切都是自然存在而無須刻意尋找的題材。

六、這裡有幾首詩與父母有關，一是〈存在與消失的命題〉，寫摯愛的父親之火化（另有〈一生中最好的時光〉寫「送爸爸進塔」）；一是〈似幻似真的人〉寫「與世隔絕／而不曾與我隔絕的母親」；一是〈另一種荒蕪〉寫父亡母亡後之變賣祖厝之「斷」、「捨」、「離」。我想，關於父母，妳一定寫過，都談一談吧！

答：

老師的這一個提問是屬於會讓我流淚的提問，母親於二〇一五年離世對於我內心撞擊十分巨大，從此我才正式接觸生與死的問題，追尋生存的意義並急切想了解，關於臨終前亡者的心靈活動及死亡的過程和意識及肉體的變化；我花了很多時間看了很多相關的書籍，最後讓我治癒的正是佛經的每一字每一句，並在讀經和寫詩的過程中讓心靈漸漸沉澱安穩；如今面對生命中的風暴和心靈的動盪不安，我更加淡定。

母親離世的那年七月，我參加了一次心靈課程，在聆聽了西藏高僧遺失了兩千五百年的「獅子吼」的音樂中，開啟了我的另一個世界，那個過程妙不可言，片刻間讓我跨越了生與死的藩籬。

在詩中，我寫母親寫父親寫亡夫，也寫哥哥在父親走後迅速賣掉祖產的憾恨，不過最終我選擇接受一切變動，我想詩在人類心靈受苦的時刻，的確扮演了良藥的功能。誠實面對自己的脆弱和痛苦並不容易，但是我深知讓痛苦的血和淚在詩中無所保留的流出來，病會好得快，所以我就這樣做了！

七、妳有一首〈中陰身〉。「中陰身」是佛教用語，指自亡者斷氣至轉世投胎前的歷程，妳的理解和妳寫成的詩之間，是不是可以談一談？

答：

我時常模擬自己的死亡，練習和自己與這個世界揮別，也就是說死亡對我是極具吸引力的一件事。噶南卓仁波切開示中曾說：「只要有生即有死，中陰不是死後才有的，由眾生至成佛前，分分秒秒都是處於中陰身。」雖然中陰身也分為幾個階段，書中及網路上皆有許多資料，我就不再贅述。

透過唯識學我們了解宇宙萬有，不是唯心不是唯物，只是唯識所現，在人類的八識中，其中七個識都只能緣取現有的境，唯有第六識除了能緣取物質世界現有的五境之外，獨頭意識所緣取的境則是第六識自己變化出來的，在法境中作為相分，再由見地起分析和判斷等作用，在獨頭意識的四種分類中，我常運用的是獨散意識；在追憶過往和想像中籌劃現在和未來，這首詩寫的極其簡單，只是以一位亡者的意識來完成這首詩，寫詩時就依照這樣的獨散意識的過程依序寫下即可。

八、真與幻、假想與真實、明與暗、收合與盛放、順與逆、繁複與簡約等二元性對立思維經常出現在詩中，可能還得尋找突破或超越。

答：

我們常常談二元對立，但是二元對立到底是誰和誰的對立？在我的詩中的確時常出現互映與對照，這是因為二元對立的現象遍及一切事物，但我認為心靈在書寫中扮演十分重要的地位，如果你所處的世界接觸的事物充滿了二元對立，書寫時就必須對這個所面對的世界誠實，因為那是情狀之一。並不是反對了二元對立就超越了二元對立，我們要超越的不是二元對立本身，而是二元對立的情緒。

寫詩時我想努力突破的重點，在於去除一般人常用的陳腐語言及避免使用和這個時代脫節的意象，不緬懷舊時代也極力摒除舊寫法，讓文字與人合一，靈與筆合一，讓一首詩文字靈動氣韻天成，對我來說是很重要的。老師的建議很好，但我不認為詩中存在二元對立的思維是缺點。

九、你這六十首詩，以「記憶」始（〈記憶起式〉），亦終於「記憶」（〈記憶潮間帶〉），提到「不經意」、「習慣」。對於記憶入詩，可能還得依靠一些「媒介」，妳的看法如何？

答：

老師有注意到這本詩集以〈記憶起式〉開始，終於〈記憶潮間帶〉，讓我很訝異，原來老師真的很用心讀完這本詩集，衷心感謝您！但是這本詩集並不是一本關於記憶的詩集，只是在開始和終結時安排了和記憶有關的詩。

寫詩時脈絡清晰是很重要的一環，每一首詩中有其個別的元素，例如在〈記憶起式〉這首詩是在異國旅行的某個黃昏中見到一排樹引發的記憶，視覺所見是一個世界，心中所憶是一個世界，人在此時空中，記憶卻在某一段過去的時空中；在這首詩中首段和末段的書寫技巧融合了太極拳中的「起式」動作。

而在〈記憶潮間帶〉這首詩是寫給我在成龍溼地的好朋友們，有幾年的時間我總是趁著石蓴茂盛生長的季節去拜訪他們，彷彿自己也成為浮游性水生植物，只會在某個特定的季節來訪，這幾年工作忙碌也少閒暇再去成龍溼地，但是心中的懷念這麼深，又豈是一首詩所能傳達？

十、妳從二〇一三年出版《伐夢》，第一輯就是詩和攝影搭配（那裡面有別人拍的），回首看看，一路下來，在「搭配」上有不同嗎？

答：

攝影和寫詩在我的生活中占據很重要的地位，早期是攝影時間多寫詩時間少，後期則是寫詩時間多攝影時間少。至於詩圖的搭配上，在之前，圖片身負重任，必須負擔某些文字未表達完全之處，也就是寫詩時，我會刻意留下給圖表現的空間；但到了後期，圖片只做為詩引，除去圖片，詩可以單獨存在完全不減損詩完整的意思，這是在寫詩前就已設定好的，圖片成了可有可無的點綴。我的許多讀者非常習慣這樣的呈現方式；我想，應該是圖片對於有些讀者在意象牽引上有所助益，也加深了他們對這首詩的印象。

推薦序

不被割傷的風

詩人　白靈

女性詩人大量出現在詩壇，是新舊世紀相接、網路交流大興之後，不只在台灣或兩岸，而是全世界性的，她們是詩國清新的風，吹動並重整了男性主導的詩版圖、徹底改變以往過度傾向陽剛的詩壇面貌。許多的她們出發時卻已不再年輕，一大半皆已步入中年，這是相當奇特的社會現象，歷經婚姻養兒育女或情感或家計或工作或多重身份折磨多年後，終於卸下了一些家累和社會責任，可以重拾文青之心。但她們對名對利的追求依然不如男性那麼熱衷，那是天性使然，她們只是隱約比男人更了悟了一些什麼，於是她們只是熱衷寫詩，以詩與詩友或知音交心。這其實是詩世界值得大書特書的大事。

對葉莎而言，她的生命歷程應大致也是如此。而這個名字的出現，卻是新世紀過了至少十年之後的事。但她詩中吹動的卻是女性清新之風中一股更清新的微風，一直給人一種淡淡的通透，這或與其個人生命道路上印痕或刻痕的深刻度有關。比如下面的詩句：

我終於練就塵埃的本領
將輕看做日常，離散是愛
飛起是天涯
飄落是床

——〈這個黃昏前所未有〉

這四行詩的精神貫串了這整本詩集。輕、離散、飛起、飄落，說的是塵埃的微不足道，葉莎說這可費了她大半生才「練就」的「本領」。自如與自在、不在乎別人眼光、起落隨命隨心，簡單說，將「無常」視為「常」，何其不易？

無常，即無有常性，一切都處在生滅的暫現狀態（暫態）。既不停流動變化，因此不需執著、也執著不了。這與「易」字的簡易、變易、不易的三義接近，世間一切本處於不停流變中（變易），此道理不易有變（不易），但此理的理解既容易（簡易）又不容易（不易），葉莎詩中反覆在說的，好像即是此。一如中文「易」之一字古人的創造，有附會說其形如飛鳥的拍翅，又有說如守宮或蜥蜴的變色（許慎即此說），但根據甲骨文，其原形應如，像雙手持有盝杯器（盝，音同「盼」，指器皿的把手）向另一無盝杯器傾注液體之形，亦即「由此至彼」的變易，即不停流變乃是常態，所有的執著皆違乎世間常理。比如葉莎說：

春暖之後
水窪或鏡子，短暫的河流
甚或一粒種子的奶水
皆是雪的別名

——〈揀選別名〉

水可成雪成河成窪成湖成奶、乃至成霜成露成霧成雲成冰，何者才是其所「住」？沒有，皆是「暫態」而已。

前面說「易」的甲骨文造字原為雙手持有盝（把手）杯器向另一無盝杯器傾

注液體之形，有鍪到無鍪，是有把手倒入無把手，把手也無妨視為執著，即有執到無執的轉變或流動，就像身心靈得到一種轉換一樣，其實說是轉念亦無不可。如葉莎的詩：

將世事在心中翻了幾千轉
又無事兒一般

我們伸出手
往內心最深處摸索
抱起那隻無人窺見的猛虎
放歸天地之中

——〈水塘色變〉

伸手摸索到有東西是有把手可握，抱起猛虎放歸天地，自是回諸自然，再難捉回把執。於是接著葉莎寫道：「任知識崩亡，慾望潰散／像個孩子／坐在堤岸看水塘／心如天絲棉般柔軟」，一旦放歸自然狀態，即回到赤真初心，不能也不想執握了，至於「猛虎」是指雄心或壯志或濃情，就何必也不必追究了。

如何由執到不執當然不會一悟百悟，它是不斷要「去」、隨時要「空」的過程。於是這本詩集的名稱，「淡」、「水」、「湖」三字都成了關鍵字，水的流變、淡泊以去執、湖的明心見性，成了葉莎每日都在做的功課，「書簡」則是抄寫記錄心得的結果。靜觀大自然、如湖倒映天候，承受大自然隨時遷變、那是教導她的無聲師傅，她是「被施予者」，詩是她寫下的「心經」。

一盞燈凝視黑夜
一個樑柱甘心傾頹
你撐傘在燈下走過
成為雨痕，或
無人閱讀的詩

——〈雨畫〉

燈的凝視、梁柱的傾頹都是執著，唯有你走過這些，去成為微不足道的雨痕或無人閱讀的詩。而詩的書寫並不為什麼，即使無人閱讀又何妨？只因詩常是一種隱藏，在明暗之間，在若離若即之間：

我喜歡語言裂解
像黑暗無中藏有
又像黎明有中藏無

——〈在明暗之間〉

這更像是一種「與天地冥合」的感受或意境，如黎明或黃昏，在明暗之際往返，一種混沌或曖昧，而且可此可彼、可生可滅、削減了一切羈絆的紓放感。

德勒茲（Gilles Deleuze, 1925-1995）曾提及條紋空間與平滑空間的不同，前者是有方向或路徑的，如公路如網路如規則如約定如邊界，是可以被計算或標誌的。而那難以目測或不好標誌的即是平滑空間，如天空、空氣、大海、草原、沙漠、冰原、風……等等，於這個空間裡，只能感覺或觸覺，此時適合遊牧或逃逸，也容易回到赤真的童心，而且有機會進入沒有止境的「生成之流」。德勒茲此「生成論」與前面討論的「易」的甲骨文原意、或無「常」，有某個程度的相通；簡單說，就是不執著，自此向彼傾注，且不斷流變。而德勒茲認為人沒有存在問題，只有生成問題，因此不存在二元對立的說法，且所有個體的身體也不是單數而是複數，人根本是可以通過不同的行為、切入關係形變為多元的身份，任何人皆可同時是小孩、女人、白人、黑人、任何動物……等等，人是與其他生成物具有底層關聯（比如身體的元素或部分基因）的動態過程。而不斷流動形變，這正是「易」之古字的本義，自此到彼，不拘於一，將傳統以「人為本位」的看法徹底「解轄域化」，所有的「轄域」都不會一成不動，都是等待「易」和流變的。而文學正是這種將所有「轄域」自由解放的主要力量，這也是德勒茲特別重視卡夫卡的原因。

詩是文學的先鋒，上述不停生成、不停變「易」的說法在詩中正可得到極佳驗證，比如葉莎的這首詩：

我發覺水裡假寐的荷葉

始終清醒
看起來是闔起的字
其實是暗自展開的詩

整個早上
我坐在池畔安靜等待
等那轉了幾千轉的露珠
化為虛無

——〈假寐的荷葉〉

闔起的荷葉只是假寐，最終會再展開，而好不容易圓融的露珠也要再化為虛無，看似旁觀，其實荷葉是我、露珠也是我，闔是字、開是詩、圓是珠、化是無，所有一切均是「暫態」，永遠不停自此向彼地「易」和傾注而已。

一切無「常」，均是「暫態」，則「水田和天空相合的時刻」當然「是片刻也是永久」，既「一切是真」也「如一場幻境」。既然所有的「轄域」都不會一成不動，能不「成為被風吹淡的人」、或「淡淡的人，看淡淡的花／獨自走完淡遠的路」（〈被風吹淡的人〉），或練就「讓細碎自在細碎／風聲自在風聲」、「張眼，風景進入／閉眼，風景離去」（〈以意識交流〉）的本事，而一心執著於某個無法恆常的「暫態」或「條紋空間」或「轄域」上，豈非自討苦吃？

她的〈淡水湖〉一詩中說：

想起生前已是孤僧
一襲長袍就掩去了一生
時常靜立的淡水湖
此刻清澈如一面鏡子

蓮生，連夜連葉
蓮滅，連滅

淡水湖一如人的身體的多元可能性，當你將它視為「平滑空間」時，一切映於此平滑空間上的就是「暫態」的不停形易，不停「遊牧」也不停「逃逸」，沒有固定的「轄域」，德勒茲說的「生成之流」遂完全可能。「蓮生」了則「連夜連葉」也生，「蓮滅」了，則無所不「連滅」。這是葉莎建構於內心、幾近無所不能的淡水湖！

此集中她最「入世」的一首詩應屬〈另一片荒蕪〉了，寫的是她的傷心，她聽著「心裡的雨聲」、「天邊的雲連袂趕來一起哭」，因親人為了錢將三代的祖產賣了，連同「屋外的鳥啼和晚霞」、「庭院微風中的小葉欖仁」、「父親和母親辛勤一世的身影」也一起「賣了」，這也使她明白「親情原是最易散的沙粒」，然而「亡父亡母無能說什麼」、「我也無法再說什麼了」。當然，她了解既然所有世事皆是「暫態」，要轉念釋懷自然容易。接著此詩的下一首詩，她就說自己是「羞慚的」〈被施予者〉：

白雲大方演示無垢
大樹無私給予陰涼
湖水寬容送出清澈和明朗

鴨子慢悠悠游過繁忙

今日一切既是大自然或祖上所賜、是「被施予」的，則當學習雲樹湖鴨融入天地的施予行為。

葉莎〈永不被割傷的風景〉一詩對如何「與天地冥合」或達至德勒茲「解轄域」的觀念有甚好的詮解：

庭院裡一株桂花盛開

鋸齒狀的葉緣日夜發聲
說眾鳥閃爍，星光喧嘩
是永不被割傷的風景

「鋸齒狀的葉緣」理當會割人，但並不，桂花樹葉滿身鋸齒，卻能與喧嘩眾鳥、閃爍星光互融互映，成了一幅完美的「風景」。「鋸齒」與「眾鳥」、「星光」

成了一個立體的「平滑空間」，彼此固有的「轄域」都被解構了，甚至連鳥也會「閃爍」、星星也會「喧嘩」，互相「生成」且「成就」對方。「易」之「自此向彼」的「傾注」，得到一個最佳的印證。

葉莎的詩向我們展示的不只是一首首與大自然冥合體驗寫下的「永不被割傷的風景」。更重要的，藉著這些詩，她向我們演示了她長期融入大自然自我修鍊，以及如何使自己練就成天地間、淡水湖上來去自如的一股股「不被割傷的風」。

當你翻開這本詩集時，當可隱約感受到自字裡行間吹動的這股清新的、又自自然然的微風！

推薦序

畫如何敘述，詩如何描寫

臺灣華文作家協會顧問，香港詩歌協會會長　秀實

止微室書架上擱置著一本民國三十六年出版朱光潛的《詩論》，是我在臺灣大學時讀的第一本正規文學評論著作。當中第七章是〈詩與畫——評萊森的詩畫異質說〉。這些年，詩人葉莎在《中華日報》副刊上每週一發表一篇「詩配圖（攝影）」的作品，讓我有了要把這篇文章找出來重讀的想法。把相片歸入圖畫，是方便論述。誠然相片與圖畫自是兩種不同的藝術。其相異處一偏向原始而一偏向科技。然無論相片抑或圖畫，其最終之成品均可看成是一幅「圖」（picture），其意蘊等同於「圖文」（image & text）並茂中的「圖」。詩集取名「淡水湖書簡」，有異從前，反映詩人在詩圈俗務與人間瑣事中回歸安靜的企圖。而，安靜或曰疏離於詩壇，已是一個真正詩人所必要的。寫詩是對生命的一種反思，如同穿越紅塵滾滾後，在一個沉思房子裡「三省吾身」。譬如博爾赫斯在〈死亡與指南針〉

裡的體會：「房子實際上並沒有那麼大，使它顯得很大的是陰影、對稱、鏡子、漫長的歲月、我的不熟悉、孤寂。」，如此定必遠離凡俗，明瞭一切與這一切的截然不同。

與書名同題的〈淡水湖〉很驚豔。詩五節4—5—2—4—2共十七行。相片色彩單一為灰藍，數片蓮葉浮在極平靜的淡水湖面上。畫也有它要說的話，以色彩線條與構圖來呈現。可見的是蓮葉而不可見的是湖水下，讓觀者留下無限的想像。而這想像由「可見」而產生。圖文間的關係，是互補或互為詮釋，而非重複，所謂「讀圖時代」即含有對劣質文字的譏諷。好詩抵達的地方，必定是圖所不及。葉莎如此鋪排，較之一幅畫圖更見晦澀與深刻：

找一個蜉蝣婚飛的下午
去看寂靜的蓮池
一些黏附於水底碎片的
是日光的卵或是未誕生的記憶

蓮具姿色，一步一輕盈
面容恬靜，行走似水流
此刻她們飄浮水面
琴鍵式排列
發出夏日的單音

單音有足
唯有魂魄能感知

想起生前已是孤僧
一襲長袍就掩去了一生
時常靜立的淡水湖
此刻清澈如一面鏡子

蓮生，連夜連葉
蓮滅，連滅

首節從一個昆蟲現象開始述說。蜉蝣生命極短，繁衍幾乎便是它們的一生。這個現象極發人深省。末行「日光的卵」即由此而來。記憶是時間的倒流，然暫未出現。至此詩在嘆時間逝去的急促，而非實有「蜉蝣婚飛」的現象，便很明顯的了。這裡完全是詩法，葉莎得心應手如此。二、三節特寫蓮，屬詠物之筆。蓮在走動，因為流水的效應。其情況猶如窗外列車在動，錯以為自己的列車啟動了，以側面說明了詩人對蓮的專注，乃至進入客體中，進而感悟到其容顏之恬靜。恬靜即不搖曳，不搖曳即無風。琴鍵式排列是賞蓮的目光，如足音走到遠處。用語文的修辭學來說，即「通感」。由近而遠，一鍵一鍵的按下去，所以詩人說「夏日的單音」。此處細致並極具形狀的想像。「單音有足」，愈去愈遠，終至消散，懷抱的祕密往事卻已然在心。四節由外景折回內境，這是我一貫主張的寫法。因為外景所見人皆相同，而內化於心即為個人專屬。在這裡設定為「孤僧」，是傳統詩歌裡常見的，然下一句赫然是神來之筆：

這是詩人對時間的「悟」，並且是宗教帶來的悟。既悟，湖水便一下子清澈了。注意，相片的湖水是黯的。這便即圖文間的相依相生。湖在這裡，提升為一個象徵，並被作為詩題。這是白話詩十分典型的「完整性寫作」的範例。末節因這種悟，詩人選擇歸於哲理：生滅。

葡萄牙詩人費爾南多・佩索阿（Fernando Pessoa, 1888-1935）說：「任何落日都只是落日，你不必非要去君士坦丁堡看落日。」（Any sunset is just a sunset, you don't have to go to Constantinople to see the sunset.）葉莎近年蟄居桃園龍潭之野，甚少北上南下，涉足燈紅酒綠之域。臺北府、高雄城，並皆世間色相，浮幻而空洞。那些盛放的紅顏，開開落落。詩人葉莎已然有了相同的心境：任何蓮花都只是蓮花，你不必非要去臺北府植物園、高雄城蓮池潭看蓮花。俗世總是在猝不及防間戕傷我們，如何安置，便是個人的心境。另一首〈傷之因，傷之果〉，同樣是一種內心的洗滌。詩人回歸深山，甘願在紛擾的俗世中作一隱者：

養著多情雨露
的那座深山，也養著
成群的野獸和孤獨的隱者

我們懷抱著自己的海
漸漸走遠的愛與恨
和不願提起的暗潮

聚合。離散皆有定數
一為傷之因
一為傷之果
當談及心靈的鬼和最暗的歌唱
最亮的詛咒都沉默了

我與溫柔的雨露為朋
也與身懷巨爪利齒的野獸為友

靜靜回望走過的旅程
不道姓也不說名
說了，即是煙塵

此詩在極度感性的述說中混雜了理性的演繹，其邏輯是：「一為傷之因／一為傷之果」，讀到這裡，有如醍醐灌頂般乍然驚醒，回到生存之現實來。詩的要旨在末行，姓名皆俗世，煙塵終必消散不留痕，經此一說，前面如此述說、那般詞彙，便皆顯得非凡。鬼是鬼，朋是朋，友是友，詛咒與唱歌即皆本義，這是最終「看山是山」的層次。想及小說家福拜樓（Gustave Flaubert, 1821-1880）的一段話：「如果我說石頭是青色的，那是因為青色表達準確，相信我。」當詞語穿越修辭又回歸本義，詞語已非詞語而為一種自足的藝術呈現。

法國詩人波德萊爾（Charles Pierre Baudelaire, 1821-1867）曾說：「大自然是座象徵的森林。」葉莎這些詩作如〈人世秋涼〉、〈在明暗之間〉、〈禾本科河道〉、〈煙白色城鎮〉、〈草的聲帶〉、〈櫻花與木馬〉、〈假寐的荷葉〉、〈水面搖晃如境〉、〈順流或逆流〉、〈寒露之後〉、〈貓寄生〉等多首，無不借大自然作其生命的象徵，其發見了「客體」中「個體」的存在。評論家潘勇在〈波德萊爾詩論與《惡之花》〉裡說：「他並不否認現實世界的客觀實在性，但認為客觀世界背後還隱藏著更為真實的另一世界，即超驗的審美世界，提出應該把現實世界視為一部象形文字的字典。」葉莎推倒了大自然的所有排列與規律，抵達客觀世界的背後，尋找到其更為真實的另一世界。在這些圖文並生中，我們看到這些相片以其光暗與色彩線條來述說（本文不作論述），而其詩，在違反自然法則底下，重寫了這個世界。詩人北島的《必有人重寫愛情》同樣是詩與攝影（圖畫）集，當中有這樣的詩句：「木柴緊緊摟在一起／尋找聽眾／尋找冬天的心／河流盡頭／船夫等待著茫茫暮色／必有人重寫愛情」。參照之下，所謂「重寫」，便有推倒重構的意思，順手翻來，且舉五個例子如下：

	01	02
客觀的大自然	最後一隻羊過河了，水聲依舊。殘陽時分，我走到河的對岸。	看到雨下的荷塘，聽到雨水打在荷葉發出的聲音。
詩人葉莎的大自然 （詩如何描寫）	最後一隻羊涉水而過時 忘記將水聲帶走 我涉水抵達彼岸時 時光已剩下枯枝 ——〈時光的枯枝〉	接住雨聲的荷葉 也接住我們的眼神 它們撐開肉體假裝一艘船 用以裝載流轉和消散 ——〈流轉與消散〉

03	04	05
隔著湖看對岸的森林，雨後的翠綠倒映在湖水中。	大雨讓地面積水，庭院倒映其中。	河畔的屋宇倒映在河中，窗子與鳥鳴漸歸寂靜，有人在河畔散步。
草木森林在一夜風雨之後 以碧綠將湖面切割 ——〈深不見。底〉	雨水將天空拉到地面 庭院瞬即遼闊且悠遠 ——〈在落果和星子、孩子之間〉	屋宇正在河中沐浴 窗子和鳥聲陸續洗白 人在岸上也在水中不停行走 ——〈城市的腰帶〉

〈櫻花與木馬〉構思源自羅馬尼亞詩人尼基塔・斯特內斯庫（Nichita Stanescu, 1933-1983）的詩句：「我是一匹用來對付自己的特洛伊木馬。」葉莎處理這首詩極其精彩。當詩人走在雨霧天時的櫻花樹下，回顧半生，感覺生命有了說不出來的變化。而這種變化，被喻為希臘歷史中的「木馬屠城」。不熟悉這個典故是無法探知詩裡深刻的意蘊。這場劫因絕色美人海倫（Helen of Troy）而起。特洛伊城是牢固的，九年不破，然第十年，卻被木馬腹中二十個士兵攻陷。葉莎在這裡，定義了屬於她個人的「木馬屠城」的歷史事件。特洛伊城成了一個小小的城，藏於心裡，是守方，而思維與情感即如同希臘聯軍的攻方。且看：

被雨霧擁著的櫻花
站在櫻花身後雨霧中的枝椏
青綠的枝椏
灰灰且蒼蒼的枝椏

走過半生的小徑
和我一樣發生蒼蒼灰灰的變化

這些年來
思維和情感都化為士兵
躲在一個特製的木馬中
我會在夜裡放出來
攻擊心靈的特洛伊城

密閉的特洛伊成
有我白日看過的櫻花
在夢裡依舊盛開
夢盛開的時候
思維和情感也盛開

一個人
無論愛自己或攻擊自己
都無須弓箭
只需櫻花和充滿靈性的雨

人在某個生命節點，因為意識到死亡（傾城），對自身乃有「愛」或「不愛」的情緒，滋生如草。譬如我，極鄙夷我忠誠的病體而極偏愛我叛逆的靈魂，然我不至於埋藏著一支武裝的「士兵」。每晚，詩人葉莎對自身作了嚴酷的「烤問」，而這種烤問足以動搖她的心靈。這種靈性的自省是藉由「依舊浪漫的櫻花」與「一場適時的細雨」而完成。其極致如此。論技法與構思，此詩應是「壓卷」之作，也允為葉莎的代表作，足以傳世。

朱光潛這篇約萬字的論文，十分精彩。本文題目〈畫如何敘述，詩如何描寫〉即摘自這篇文章。這些舊書鏤刻著歲月的痕跡，讓我惦記起許多的往事來。童年在旺角長沙街的蝸居，深宵狹小的房間內亮著幽黯的燈火。那是父親的書齋「粲花館」。如今，父親修補線裝書的背影如在目前。而現在一切都成過去，日子正以不好不壞的方式悄然流逝。而詩的連繫卻讓我感到美好的存在。葉莎的詩這幾年常時如花期般盛開在屋前的籬笆，我想起「花光狠勁」這四個字來。當形容美好事物時，我極喜歡「狠」這個單字詞，它含有今生無悔的態度。時間流淌如體內靜靜的血脈，如此不喧嘩，卻自帶溫度的存在。詩歌藉文字而生，詩人筆下，文字應不僅止於媒介，而具有溫度與色彩。葉莎詩，即如此。

二〇二四年八月六日　午後一點半　婕樓

秀實

臺灣華文作家協會顧問，香港詩歌協會會長，創婕詩派。曾獲新北市文學獎新詩獎，香港大學新詩教學獎等。著有詩集《婕詩派》、《與貓一樣孤寂》、《步出夏門行》、《獸之語言》，評論集《止微室談詩》（一—六冊）、《現代詩話》、《散文詩的蛹與蝶》等。並編有《甲辰二〇二四新詩黃曆》、《風過松濤與麥浪——臺港愛情詩精粹》、《燈火隔河相望——深港詩選》等詩歌選本。

目次

記憶起式

將天色悄悄拉入懷中
再緩緩推遠
那是一排瘦削的樹
暗中進行的事

此刻，冰雪沉著內斂
不動，不言
而黃昏正在鼓盪

我們並不猜疑樹的名字
只是叫日子不停遷徙
從石炭紀回首泥盆紀，又
遙望二疊紀

古老的何止是鱗木和蘆木
還有我們被封印的累劫
累世的生命細節

回望中
將晚雲和你一起鬆手
並將自己沉沉的
化為大地與夜色

直到多年後
冰雪融化的某一刻
你不經意清醒
我不經意想起

（葉莎／攝）

我將在此漂流

時光將在此凝固
我將在此漂流
看舟子離岸，枯葉離枝
雪，時時刻刻充滿意志

（和從前一樣，我嘆息我寫詩，我疲倦我孤寂）

那既不是死，也不是冰凍
既不真實也不是夢
我渴望自己
短暫藏匿或消失

若你來
看見河面布滿金黃的晨曦
漣漪盡是魚群的呼吸
每一株植物懷抱風的信息
而我
就在信息裡

（葉莎／攝）

這個黃昏前所未有

繞行暮色，思及從今而後
感覺身如莽草
春風如昨，冬雪亦如昨

黑冠麻鷺的叫聲
即將夜行
湖畔低沉而日暮幽遠

熱帶橙天色
推著珊瑚紅雲彩
夕陽在淺蟹灰中
微微露出發光的下顎

我終於練就塵埃的本領
將輕看做日常，離散是愛
飛起是天涯
飄落是床

淡水湖

找一個蜉蝣婚飛的下午
去看寂靜的蓮池
一些黏附於水底碎片的
是日光的卵或是未誕生的記憶

蓮具姿色，一步一輕盈
面容恬靜，行走似水流
此刻她們飄浮水面
琴鍵式排列
發出夏日的單音

單音有足
唯有魂魄能感知

（葉莎／攝）

想起生前已是孤僧
一襲長袍就掩去了一生
時常靜立的淡水湖
此刻清澈如一面鏡子

蓮生，連夜連葉
蓮滅，連滅

無別

因一場雨得以重現的世界
也會因一次豔陽而消失
幾日前濘泥清澈如天空
幾日後荒草重重復疊疊

走過水田
看見天空有傷
倒立的竹枝，深深扎進雲的心
幾隻鷺鷥又將羽毛交給它
並且不許弄濘

因一場黑夜得以出現的世界
也會因黎明而消失

前一刻在會議桌上與眾人爭鋒
下一刻因飢餓起床覓食

時常，夢領我
進入另一個時空
遇見更真實的自己，原來
笑聲和淚滴都存在那裡
不曾遺失

時光的枯枝

最後一隻羊涉水而過時
忘記將水聲帶走
我涉水抵達彼岸時
時光已剩下枯枝

這麼多年
疲倦的蹄子和一條河流
時常在夜的心中奔馳

當河面的浮萍向左
向右飄移，在靠近夏季的地方
盛開一朵兩朵白色的思緒

思緒在此岸彼岸之間
無性分裂繁殖

一株鳥啼、幾片森林
和一朵兩朵漂浮的葉片
及無數被誰踢翻的水聲

在假想與真實之間

在陌生的異域旅行
深雪是遠方
田野是冷凝的一片白

詩讀了半首
整顆心被落日抱走
意象寫了兩行
一個標點符號又悄悄溜走

將臉頰貼在窗口
心在假想與真實之間穿梭

一棵樹以為自己是黃昏
一個黃昏想起昨夜的雪

每一片雪是藍色水滴
而我未完成的詩，是
水溶溶的異域

（葉莎／攝）

傷之因，傷之果

養著多情雨露
的那座深山，也養著
成群的野獸和孤獨的隱者

我們懷抱著自己的海
漸漸走遠的愛與恨
和不願提起的暗潮

聚合。離散皆有定數
一為傷之因
一為傷之果
當談及心靈的鬼和最暗的歌唱
最亮的詛咒都沉默了

我與溫柔的雨露為朋
也與身懷巨爪利齒的野獸為友

靜靜回望走過的旅程
不道姓也不說名
說了，即是煙塵

被風吹淡的人

來到此地
坐在田埂邊
漸漸成為被風吹淡的人

水田和天空相合的時刻
風暖暖的，是片刻也是永久
我深信這一切是真
而昨日深埋，宛如一場幻境

也許深愛藍瑩瑩
也許擁著綠茵茵
有人朝朝在繁華中醉生

也許想起炊煙灰白
也許嘆息月墜花折
有人暮暮在寂靜中夢死

淡淡的人，看淡淡的花
獨自走完淡遠的路

存在與消失的命題

我眼中盛滿的是晚熟的水塘
誰也沒見過它們的幼年
那些無聲變化的游移、破碎及消失
你以為只是光陰嗎

仔細思索，其實是迅雷或劍弩
也許是更無情的火
或是比火更公正的神佛

那一天我們將摯愛的父親
送到巨大的火爐邊
張大著口的火爐也在呼喚我們
叫我們提早回望此生的愛
與恨，榮光或羞恥

它這樣說
你們都要來，將一切拋擲
在熊熊火光中任胸膛爆破
四肢蜷縮，屈伸不利
舌頭從此轉動不靈

餘下小撮的灰燼和潔白的骨頭
留下存在與消失的命題
一切盡是骷髏
流觸一般的幻術

我想起那座晚熟的水塘
坐在池畔的水草
笑著和我們說話
陽光柔軟，日子清澈
那時一切還是和風的樣子

以意識交流

我住在山的腳邊
無數常綠喬木聚居的部落
年老的屋瓦曾經聽過的
細細。碎碎
總是順著風聲成為風

送給窗子
送給寫字的桌椅
送給打滾的狗兒
叫多感的心好好接住
成為難以抵擋的湍流

在人與狗相依的世界
我們彼此用意識交流

善用耳比善用眼好些
讓細碎自在細碎
風聲自在風聲
不必在意喬木
落葉。不落葉

（牠搖動雙耳，不說話）

善用眼比善用唇舌好些
張眼，風景進入
閉眼，風景離去
不必道謝，不必道愛
更不必道別

（牠眨眨眼睛，不說話）

雨畫

在初秋出走
發現轉角掛著一幅雨的畫
用色淡雅，一些斑駁
夾角構圖
恰恰夾住陸離的夏日

未來此地之前
豔陽獨自豔陽
來到此地之後
雨聲淅淅，磚牆瀝瀝
如煙如絲的
皆是時光的印記

一盞燈凝視黑夜
一個樑柱甘心傾頽
你撐傘在燈下走過
成為雨痕，或
無人閱讀的詩

立於微風之岸

到了這裡，最宜素顏
如荒草一般，放下四季繁華
立於江畔，微風之岸
成為一扇搖晃的灰瓦白牆

到了這裡，最宜素裝
穿著一襲白，或灰或黑
日子自有層次的翻山越嶺
無須聲張

天光在遠處張望
悄悄流放靄靄山嵐

此刻，薄陽想要回家
老婦指出一條窄巷
於是曲折的跫音，零零
落落將黃昏踏響

燈亮，一盞接著一盞

花鹿自在花路
游魚自在魚遊
到了這裡，最宜素餐

心靈的單眼與複眼

看見光，看見點
看見可見或不可見
一隻瓢蟲在晨曦的背上
無聲移動

通過日出之門
我正在描繪今天的路徑
叫深埋的意念張開翅膀
成為散開的摺扇

一座草原無私的胸膛
一葉扇形深裂的心靈
一個心靈的單眼與複眼

（葉莎／攝）

一日將盡
我孱弱的自身與這片樂土
及穿梭於其間的眾神與亡靈
逐漸安靜

我將越過日沒之門
進入夢之國
在水仙平原與眾神或亡靈
靜坐或冥想
假死或重生

模糊的春日

遠古的繁花，開在河道
兩岸如蝴蝶飛揚
春風的紅男，如意的綠女
淡淡凝視
任模糊的春日奔到眼前來

昨日的我
在劈啪爆裂的生活中
夢想是火光
虛實奔馳不停交錯
和他人一樣
偷偷渴望灰燼的安寧

此刻站在高地俯瞰
河道乾涸曲折
如哭泣的腸子

童年的火柴盒被擱在斜坡之上
盒裡居住的火柴，走來走去
內心百感
焦急，如當年
河道轉彎的遲疑

人世秋涼

怕自己枯黃
掉出幾片不情願的葉子
趁著秋天還在遠方
旅人不急
不徐的穿越幾株白楊木

踩斷幾片葉影時
聽見生命傳出最後的呼喊

人世秋涼，鳥啼如落花
那委婉溫柔是心中不朽的庭院
大醉的金光菊和濱藜葉分蘖花

我站在不遠處
置身於四野風沙中
而最後的綠
被那旅人背在身上

那些無法剽竊的

年輕的葉子
沾了一點夏日黃
神色如風
自若的落到河的方向

那些走遠又折回的
莫非是光陰的額頭
深深的，細細的
彷彿為誰深鎖過

我將年輕的背影
說成風的四月

又將淡淡的河，說成
春天的葉子

那些無法被風雨剽竊的
是一株樹的久遠
是一條河的年代

不曾提及的水聲
是一片葉子的暗暗情懷
藏在某個密室

河流之心

河流來到這裡
清澈是唯一的衣履
我看見它
掀開從高處急墜的傷痕
用一片青草療癒

那些沿途阻攔的巨石
無非是一種砥礪的言詞
明白善意
有時也用惡的方式傳遞

行經撞擊的彎道
看見一隻翠鳥美麗的棲息

那天我站在堤岸
四野俱寂，舊日蒼茫
河水汩汩流向未知的明日
堅定且柔軟的說著
誓願要做更好的自己

（葉莎／攝）

在明暗之間

一株樹心神搖晃
枝椏裂解，樹葉幻化的瞬間
恰巧被一朵初醒的雲
及藏匿的野草遇見

琥珀色的雲只談老虎和精魄
野草只談昨夜消失的星辰
言不及義恍若美德
任世界在明暗之間游移

我喜歡語言裂解
像黑暗無中藏有
又像黎明有中藏無

當風在枝椏和綠葉之間碎裂
黑暗和黎明交接
身心幻化恍若迷途的語詞
一生盡付露珠

葉莎／攝

永不被割傷的風景

來，你來
將椅子和陽光一起搬過來
叫笑容斜倚窗邊

庭院裡一株桂花盛開
鋸齒狀的葉緣日夜發聲
說眾鳥閃爍，星光喧嘩
是永不被割傷的風景

我們已被重重包圍
在看似美麗卻傳說密布的林園
在言語淺秋的房間

和平穿鑿時
也允許暴力和殺戮來附會
畢竟河有兩岸
日日細雨難免氾濫

最後一起回到窗邊
一株桂花就是一畝秋天
看，你看

摘下初心

似熟未熟
果實長在枝椏之間

有人用眼睛行走
跨越河面薄冰和長長的雪岸
來到樹下，成為摘果實的人

摘下一天之始，仔細揣摩生活
也摘下自己的初心
交給另一個不變的自己

果實緩慢移動
如幻境游移進入另一個幻境

冰雪融化
像許多年來的砥礪
融化了諸多偏見與固執

在枝椏和果實之後
一抹淡淡的輪廓
那遠山就是靜觀的我

（葉莎／攝）

禾本科河道

這裡的河道屬禾本科
寂靜的早晨
陽光兩三尺，蓬鬆且多毛

行經此處時
一群喜鵲振翅飛起
留下紫藍虹色的問候語

我棲息的鄉間人跡罕至
唯一的跫音是秋風的蒼白

日日守望的河流
有魚出現又無故消失

深秋乾涸時
河底露出空洞的面容

這個世界總是沉入又上升
如菅芒花在風中難以自持

（葉莎／攝）

揀選別名

看著人群向更深的雪走去
背影是屬於天地的
厚重的衣裳和巨大的寒冷也是

落葉殆盡，徒留殘損的身子
我在生病的世俗中擁抱苦悶
和幾株樹說了一些話或不說話
彼此視線交集又移開

與世界格格不入的人
註定要成為另一種雪
大部分時候在虛空中游移

在某個季節降落
輕易成為流淌的字詞

春暖之後
水窪或鏡子，短暫的河流
甚或一粒種子的奶水
皆是雪的別名

我將在眾多別名之中
揀選最溫潤或最清明的一個
做為此生修行的主題

知覺的鏡面

葉子早早放下自己
比一條青蛇蛻皮更為決絕
脫下表象，生出另一個表象
脫下陳舊，換上新色

站在河堤，俯首
但見一面鏡子
石塊沉睡，夢境溼潤

知覺是水，是草
是緩緩寂靜的流動
有什麼正潛入最深的心靈
隱居於最清醒的水中

白楊木，妳活得好嗎？
這曠野，這小小的村落
褪色的落葉，妳活得好嗎？
這河水，這無涯也有涯的一切

青翠或枯黃
葉子靜止，葉子漂流
不停他問，也不停自問的人
只是路過的風

安於靜止與幻化

昨天隨手擱置的蘋果
今天剩下空盪盪的玻璃瓶

走出屋外，發覺一切更不真實
除了腳下一條紮實的小路
除了一顆心的跳動

想起一次初遇
詩人有其天資，文字有其絕色
那時他正看著畫廊中的美少女
而我喜愛他多感的眼睛

世界已被切割
一半是虛空，黎明與朝雲的湧動
另一半也是虛空
如鏡如水面的天空

眼前這一切
多麼像一幅神奇的靜物畫
安於靜止，也安於幻化

煙白色城鎮

晨光不停擦拭
半舊的城鎮已經醒來
每一扇窗子睜開眼睛

我感覺它們
凝神望向我站立的地方
隔著一萬朵盛開的油麻菜花

它們熟悉季節也篤信命運
淡然看著花開花謝
接受無法預測也無法推演的
幸或不幸

敞開的小窗
站著幾隻和平的鴿子
當和平的窗子振翅飛翔
我的意念也不停遷徙

一襲煙白色衣裳
正緩緩披在百年大鎮上
這浮動的美，叫
晨光與意念深深折服

（葉莎／攝）

暗流移動

趁著冬雪未融
走近一條河
河已老，涉世千年
一顆心仍搏動雀躍
彷彿異地歸家的少年

沿著冷凝的河岸
我正往更深的未知奔去
那時少年散開鬍子成一片輕紗
當風拂過
輕紗搖動恍如薄霧

請帶我進入迷離的空間
河流、少年，鬍子和一場霧

若從前是定定的遠山
未來即是莫測的大海
我深信肉身是簡單的房舍
築在大海之側

在岌岌中
不忘觸摸心靈的河流
河底有石器時代的一支弓箭
隨著暗流移動
等待隨時狩獵可危的我

（葉莎／攝）

似幻似真的人

起風的時候
田野的風情丕變
極細微的變
騷動人心的變

根深長的不只是蒲公英
我的夜，我的夢
時常深入遙遠的異地

那裡極冷清
擁有容易讓人迷途的街道
我的母親，我那與世隔絕
而不曾與我隔絕的母親

時常送我回來

像將一粒種子輕輕托住
放在可以安然存活的地方

風也是蒲公英的母親
托住自己瘦小的孩子
放在溼潤的草地或沃土之側
然後悄悄離開

馬齒草和苘麻
時常與我一同在田野
想著世事流變
那一個似幻似真的人

在春天許願

疑惑了
就來見春天
春天裡孤獨的土地公

點燃三柱清香暗暗許願
無須言語
風如蛇，蛇如輕煙
輕煙如語言

在風中覺得冷冽了
就靠近一株樹
這裡沒有紛紅只有駭綠

撫摸樹的臉
像撫摸自己的明日
片狀剝落和灰褐色的
皆是鏡子的誠實

春天了
就來見淡定的樹
葉子不說的，我也不提
任日光，疊疊的綠

清明過後

後院忽然長了一些雲
純白而量大
像是先人的意念
拋棄濁世之後，純粹的淨

我在籬笆前走動
發現圍籬細密
有人刻意留下出走的孔洞
任蜜蜂穿行，記憶低飛

「天子死曰崩，諸侯曰薨，大夫曰卒，士曰不祿，庶人曰死。」

我的庶人，我們談論過
「飛禽的死叫做降，走獸的死叫做漬」
你乘著雲走的那年
我卻把離別叫做雨

一隻山羊垂掛著豐滿的奶
兩隻小羊嚼著青草
每一株青草都懂清明
在四月
最宜捨身與相忘

忍看一切不忍看

我的蹄子累了
仁慈的湖泊
請將你溼潤的肩胛借我安歇

來到這裡幾日
我彷彿變成一匹馬
安靜的馬暴烈的馬奔馳的馬
疲倦的馬
在無境的草原無邊的任性

圓潤的山丘和緩坡的青草
請不要與我爭辯
只需要屏息聆聽

遠方蹄聲和蹄聲交錯
敲醒大地寬恕的語言

是的，我需要寬恕與被寬恕
在生命回望中
看著日子一頁一頁被翻開
忍看一切不忍看
然後像沉水性水草一樣
甘心在流水中馴服

（葉莎／攝）

往安靜的地方靠攏

成吉思汗必定來過
親自參與這一場驍勇的時光
從西夏收降的駱駝與戰馬
早已化為草原上的風光

站在此地，看著草原揹著少年
戰馬揹著歷史，向前奔馳
感覺自己也是馬背上的民族
拿著弓箭，展開夢想的版圖

賽馬已經結束
馬蹄聲猶在天地間達達作響
馬背上的少年陸陸續續離開

與敵手併肩歡談時，勝負
是遙遠的星辰被漠視與遺忘

我們往安靜的地方靠攏
看見窗子拔地而起
框著來回走動的風和如水的天空

放下善戰的
思想和草原一起躺下
蒙古包是落地的雲
供我們潔白的夢棲息

（葉莎／攝）

草的聲帶

這裡的青草擁有聲帶
當小羊低頭時
它們發出咀嚼的聲響
像把春天含在嘴裡
混合一瓢鳥鳴

它們曾向春天學習手語
搖擺之間皆有深意
經過的旅人讀懂了
遂躺下來將疲憊交給青草
將身心交給天地

它們也深諳布施
明白手足摧折還會新生
每一次羊群歡欣靠近
它們就和春風一起鼓舞
捨離葉片和露珠

我們知覺敏銳
仔細傾聽了青草的心音
遂有了如茵的詩

櫻花與木馬

「我是一匹用來對付自己的特洛伊木馬」
——尼基塔·斯特內斯庫

被雨霧擁著的櫻花
站在櫻花身後雨霧中的枝椏
青綠的枝椏
灰灰且蒼蒼的枝椏

走過半生的小徑
和我一樣發生蒼蒼灰灰的變化

這些年來
思維和情感都化為士兵
躲在一個特製的木馬中

我會在夜裡放出來
攻擊心靈的特洛伊城

密閉的特洛伊城
有我白日看過的櫻花
在夢裡依舊盛開
夢盛開的時候
思維和情感也盛開

一個人
無論愛自己或攻擊自己
都無須弓箭
只需櫻花和充滿靈性的雨

（陳永鑑／攝）

最清澈的藍

彷彿一萬匹小馬在奔跑
把樓房人影都踢翻
水塘色變，從蒂芙尼藍
淺藍，天藍到松石藍

我見過最清澈的藍
是一種內心的知覺
將世事在心中翻了幾千轉
又無事兒一般

我們伸出手
往內心最深處摸索

抱起那隻無人窺見的猛虎
放歸天地之中

就像現在
無用的話語被風吹遠
任知識崩亡，慾望潰散
像個孩子
坐在堤岸看水塘
心如天絲棉般柔軟
歡喜的說
那兩隻鵝嘎嘎嘎叫著
宛如天籟

（陳永鑑／攝）

一片葉子遇見我

季節已被磨損
荷在其中
彷彿崩壞是一種堅持
莫可抵禦
從不抵禦

我獨自游過一座天空
直到遇見一片葉子
面容猶有血色
半捲起自尊的殘體
它讓我想起悲傷
而我的悲傷早已不再

僅剩寂靜
用以對抗寂靜

那些尊貴的人們
在金幣的夜晚坐在輝煌的大廳
觀看青春的天鵝肉體的演出
卻漠視荒涼的荷塘
一隻鴨子的靈魂

我獨自游過一座天空
一片葉子遇見我
那時我的面容猶有血色

（陳永鑑／攝）

假寐的荷葉

我發覺水裡假寐的荷葉
始終清醒
看起來是闔起的字
其實是暗自展開的詩

整個早上
我坐在池畔安靜等待
等那轉了幾千轉的露珠
化為虛無

無數的謬想
來自重複出現的夢境
荒月，荒城

低垂不語的頭顱和黯淡的衣服
那些如煙的人影
彷彿仍有許多難解的遺憾

每次黎明之前，我不禁遲疑
要不要和祂們說再見
是不是道別之後
祂們闔起來的一生
也會再次展開成為一首詩

流轉與消散

接住雨聲的荷葉
也接住我們的眼神
它們撐開肉體假裝一艘船
用以裝載流轉和消散

在世間流轉的人
擁有可任意流轉的心念
等待消散的露珠
擁有面對消散的自在

我們並不想乘坐這艘船
這艘船會在深冬之後死亡
也不愛身邊沉默的刀傷草
它們已被自己的名字割傷

如果幸運些
我們會在色舞的紅塵中
繼續眉飛和流轉
如果更幸運些
我們會在月朗時道別
風恬中消散

（陳永鑑／攝）

水面搖晃如境

這一大片荷屬於夏日
坐在岸邊的人屬於翠綠
所有的翠綠皆美麗而短暫
而水面搖晃如境，歸屬於迷惑

我孤獨而來，必孤獨而去
虛擬一個知音坐在身側
他的眼神忠實且內心炙熱
最愛聽我描述這夏日盛景

搖晃的夏日，搖晃的風
迷惑的時代和假裝迷惑的人

此刻坐在這裡
心裡卻明明白白

真實的我屬於虛幻
虛幻的知音也許真實
而水面搖晃如境
一進入即是迷途

（陳永鑑／攝）

一夜收合・一夜盛放

這水塘正在索求安靜
堤岸長臥，石頭坐好
夢境已經拉開

一夜來一夜去
一葉盛放，一葉收合

無意崢嶸
荷將左腳抬起
右腳後退一步又悄悄放下
意念在暗中進行
風和漣漪透露少許

我坐在岸上索求安靜
天空亮翅，水面藍得可以

一葉去一葉來
一夜收合，一夜盛放

另一片荒蕪

沿著土地
抵達另一片土地
沿著荒蕪
抵達另一片荒蕪
聽著心裡的雨聲
天邊的雲連袂趕來一起哭

無情的人渾身是火
傷情的人滿眼是雨

（現在是房地產價格最高峰的時候，賣了！
有人眼神愉悅）

賣了客廳的門

賣了屋外的鳥啼和晚霞
賣了一家人相聚的氣味
賣了庭院微風中的小葉欖仁
賣了父親和母親辛勤一世的身影

必是不再回首了
才會決定往錢看
斷了
從祖父母至孫輩們生活的老屋
捨了
磚瓦爐灶陳舊的家具灰色的長廊
離了
親情原是最易散的沙粒

亡父亡母無能說什麼
我也無法再說什麼了

被施予者

在湖邊流連一下午
一片一片葉子
擁抱著一聲一聲蟬鳴

「人在一切善事上，必須遠離驕傲。」
身材矮小的約翰・加爾文
說出如此崇高的話

白雲大方演示無垢
大樹無私給予陰涼
湖水寬容送出清澈和明朗
鴨子慢悠悠游過繁忙

此刻・我感覺
自己是一位羞慚的被施予者
自燠熱中一路行來
低頭享受著天地間的一切善美

所以讓自己的背影
也不由得謙卑起來

幻滅與癡迷

這裡的水草長得像夢
和我一樣喜歡失神
懷抱風一樣迷惑的心靈
成為秋日陽光發黃的背脊

提及幻滅
有人叫我彎下腰捧水
看水中破碎不堪的臉和身子
以及清晰可辨潮溼的掌紋

論及癡迷
有人叫我遙望千里之外
任一顆心在深山中獨行

遇見豺狼但不成為豺狼
癡迷山羊卻不成為山羊

在山川大地寬廣的神殿中
暗自拔起心中深埋的根莖
像一株水草
向更遠更深處自在漂流
不問目的也不問歸途

順流或逆流

這裡的河道是直白的句子
將沿途所見
所思，坦露如碎石
比起老年的隱沒
它們是孩童的流露
比起世路的迂闊怪詭
它們是世道的良而未易

我站在這裡多年
擁抱過風馳也對抗過雨驟
住我對面的山巒
用它胸中的百萬兵和萬卷書
教導我磨劍與收鞘

有些風淺淡吹過
卻帶來天意之深
有些雨點點滴滴
卻足以淹沒山河
有些秋天你適合來看我
逆流而上或順流而下皆可

曾經齒少心銳的我
如今髮短心長的我

繁複與簡約

夢總是沿著陽光的稜線建築
無論遷就陰影或追隨光明
我們已經抵達繁複

站在這裡
思想的林木茂盛
念想交錯蜿蜒如道路
俯視山谷時，必須捂著胸口
怕貪食太多風景而心痛

叫一顆心清醒
攀著枝條順勢溜下

沿途摘去過於濃密的枝椏及葉片
只留下稀疏的鳥鳴和無根的霧

將道路以淡墨重複刷洗
讓起點渺茫，終點也渺茫
將我們的家交給深谷和溪流
半截炊煙就是地址

我們邊走邊聊
將眼前的一切化為一幅山水
點點星星的屋宇自有光芒
一切蜿蜒曲折總是柔腸

湖面已黃昏

時光一層一層推遠又收回
最後一次回來時
湖面已黃昏

水鴨是湖水的孩子
媽媽親暱的攤開偌大的圓裙
讓蓮葉和孩子一起坐進來

孩子，你知道風的心意
它叫平靜裂開
洩漏更多的不平靜
叫碎裂還原
成就下一次更大的碎裂

湖水是水鴨的母親
我坐在慈祥左岸
側耳聆聽他們無聲的對話

誰也無法置身黃昏之外
有些風，深
不可測，我們不願觸及
卻不幸觸及

一些些尋常歡喜

我把雷聲藏在懷裡
讓它慢慢消退隱匿
你們就不再驚懼

讓雨貼著破窗和紅磚
細細流下
長出一片綠綠的詩句

我要你們心靈閒適
每天長一些些尋常歡喜
若是鳥聲如海
就任心中的長堤崩毀

快樂湧成波濤
向青青禾邊奔去

站在莖葉之前，牆岸之側
看見埋在土裡的蘋果螺
遇見水就緩緩甦醒
生了無數粉紅色孩子

深不見。底

那時，涼亭正在冥想
不可驚擾
草木森林在一夜風雨之後
以碧綠將湖面切割

天地間傳來的咒語
低嗚如迂迴不去的風聲
我們歷經的許多次生命
像湖水一樣，深不見
底

關於無始無終的生命之流
悟了，就作啞

關於遷流不息的事物
懂了，就裝聾

任一切在不說中止息或再生

在碧綠之側的一根浮木
是我們狹窄的床
孩子，你且縮起單足
假寐，好讓夢進來

（黃華榮／攝）

屋簷下有花

屋簷下有花
每一朵花擁有敏銳的聽覺與心靈
她們沒有名字
喜歡傾聽宇宙和紅塵之音
也安於巨大的寂靜

搬張小板凳和薄陽一起坐下
我開始輕聲朗誦魏爾倫的詩句
花朵紛紛側耳
並開始感傷的對話

那是心靈，與
無數過去的心靈交鋒

是看花人與花的祕密交流
是死去的自己和活著的自己
互相緊握或鬆手
是昨日的淚被今日的手
淡然抹去

屋簷切割陰影和光明
宇宙和紅塵之音
被多感的人接收

寒露之後

寒露之後，知覺更形敏銳
那些細微的聲響
無非是時間與時間的擦肩
潮汐與潮汐交接的沉默

小小的屋宇築在岩石之側
謙卑如秋天的聲息
那安靜，是葉子的飄落

在屋前播種栽花
當花苞裸露內心
油麥菜爆裂第一枝芽
我時常淡忘關於死亡的預言

有人靠攏，有人離開
四季流轉的憾恨與空洞
交給遺忘
是多麼愉悅的事

今天閱讀寫詩，洗幾件舊衣衫
獨自行走於時間之左，之右
落日依然會優雅的落下
在寒露之後

花的意識

我摘下花朵，像摘下自己
買一個海水藍的花瓶
猶如買下一座天空
將妳們插入瓶中
像將自己於蒼穹安頓

不留住什麼也不失去什麼

葉片與葉片摩擦
思想與思想互生
空間與時間細裂
萬千思緒歸於空無

在這裡，無限小即無限大

直到有一天
在廢棄的瓦堆或荒涼的湖畔
枯萎的花朵被螞蟻看見
一縷煙霧飄過

無人發現

（游麗美／繪）

煙霧是茫茫的推手

靜靜看著一幅山水畫
漸漸褪色的我
許是最遠的山影
煙霧是茫茫的推手
推著一樹又暈染一樹

天邊一群雁子
從來不提飛行的陣式
徘徊許久，不願離去

我記得
曾經走過的澗邊長滿幽草
行過的深處總有黃鸝

我記得
當年白紙深諳愛恨
詩句不住枯腸

站在山水之前
暮色流淌，寫一首刪節的抒情
說說淡淡的山影，淡淡的雁
只是不提從前

貓寄生

再也沒有一條巷弄
比這一條巷弄更毛茸茸
斗大的相片是北埔老街的磚牆
一隻貓在磚牆裡寄生

若夕陽回頭看你
黑白的相片也會回頭看你
沒有人問，那隻貓的眼眸
是屬於生前還是死後

活著時，大部分時候是植物
靜伏呼吸，被時光遺忘

除了騷動的春天
把黑夜叫成嬰兒的啼哭

貓叫春
春就來了

春來了，我們又來到北埔
被貓寄生的巷弄
依然安靜而古老
我回頭看你
看見你正回頭看貓

這一次貓沒有叫春
我們也沒有

春天的槳

我們坐在田埂看海
每一朵花是春天體內湧動的波浪
風搖著槳靠過來
奔波尋找自己的堤岸
簌簌之聲
是天地漂流的念想

談及生活
語言長出無數鬚根
附著於悲欣交集的分枝
我們無法為往日分色
只淡淡看著一片深紅淺白

渴望像花一樣燦爛的人
終將和腐土一樣黯淡
渴望奔騰到天邊的波浪
終將困死沙灘

春天的容器太淺
裝不住天地漂流的念想
若花朵有自己的海
我們就有自己的方舟

在落果和星子、孩子之間

我這裡風大
暴雨化為無數隻手
將一株果樹上瘦弱的孩子
一一摘下

雨水將天空拉到地面
庭院瞬即遼闊且悠遠
孩子碧綠宛如星子
欄杆在倒影中化為象形
委婉而抒情

我知道
腐敗正從遠方出發

或許早已靠近
否則我擁有的日子和一些字詞
怎在星子、孩子，落果之間，妾身
未明

據說明日風將停
雨也暫歇
所有不被世間喜愛的手
將在陽光之下化為透明

我將在透明之日
在庭院靜立，凝神
聽一株果樹深深的
深深的心情

城市的腰帶

這城市有屬於自己的腰帶
透明且柔軟
圍起自己獨特的風格

屋宇正在河中沐浴
窗子和鳥聲陸續洗白
人在岸上也在水中不停行走

每一顆石頭深諳紀事
記錄水流，季節
岸邊每一朵花的分類和科屬
（善變又易飄零的何止人世）

春天攀枝木棉
橙紅色的腰帶會繡上魚
心情不定的波紋和鵝卵石

我來遲了
恰見夏日的鴿子送信給流水
城市的腰帶飛騰而起
充滿喜孜孜的表情

（葉莎／攝）

詰辯的主題

原來只為看君子
相偕至多幻化的水池
風雨作亂之後
竟成為詰辯的主題

一說竹影搖動
落難於污泥濁水中的君子
不失為君子
有其固，有其空
有其德，有其節

一說君子只是虛詞
搖動的是水、是風、是時間

失其固，失其空
失其德，失其節

原來只為看君子
君子蒙面只剩交鋒的詞語
一節日光的演出
一段或明或暗或深或淺的水域

日子盤曲，錯雜繁複
站在岸邊的人
皆是風的殘影

中陰身

揮手時無人看見
人與風景越來越遠
我也許是浮漚
破碎之前應有一聲啵

若此刻，灰暗親吻灰暗
無邊親吻無邊
若我親吻愚癡如親吻智慧
無常請親吻我
並讓我明明白白

身軀如電，如影
神識如此清靈

一條河若被狂風吹起
我的一生，瞬即迷茫
翻轉成萬千消融的石塊

若有人問我
妳在哪裡？
我就這樣回答
我是細碎之一
比細碎更細碎的奔馳
離地千萬呎，成為霧
之悟或之迷

一生中最好的時光

坐在田埂和水田相望
許多往事都成野貓
喵喵幾聲化為荒煙蔓草

在一生中最好的時光
送走摯愛的親人
濃傷很短，深愛很長
白雲依舊每天來看我
說著世相

有一天，好友送來一袋山葡萄
隔幾天哥哥在門前放一籃青菜
又隔幾天我們一起送爸爸進塔

要緊緊跟隨自己的心
不要迷途，爸爸走好
孩子們在世間也會走好

一生中最好的時光
難免留些遺憾
相聚是幻，離別也是幻

記憶潮間帶

那些不規則
裂開的泛暖溫帶性記憶
習慣在每年春寒時節復生
又在初夏時進入巔峰

黃綠或淺墨綠色的薄葉
漂浮於夜夢的邊緣
生出皺褶

我親愛的朋友
住在多石蕁生長的水邊
你們都好嗎

喜歡將問候說得靦腆的人
如我，其實是一隻鷺鷥
思念放下雙足
又縮起單足

你若站在水邊，看著
一切淡淡的生，淡淡的死
不必傷感

我依舊在記憶的潮間帶
來回，往復
如水，也如鳥

（葉莎／攝）

後記

關於淡水湖書簡

這些年內心的湖面水波不興，出書的念頭鮮少在心中升起，我享受的僅僅是寫詩的過程，一種文字奔放淋漓之後的暢快，書是否出版於我似乎並不重要。除了應華副主編劉曉頤之邀在華副每周一開了《踏莎行》的詩專欄，其他僅一些零星的詩稿在乾坤詩刊、野薑花詩刊及有荷文學及掌門詩刊刊登。

書寫的態度和生活一樣始終隨興自在，感謝我的好友孫金雙小姐、石先生和陳惠玲小姐積極的催生和出版贊助，讓懶散的我終於花了一些時間將這兩年的詩稿整理成冊。為什麼只收集這兩年寫的詩？雖然寫詩已有一段不算短的時間，但是這兩年是我最安靜創作的日子，整個人沉浸於各種書籍的閱讀和寫作的氛圍中，鮮少讓俗事上心。《淡水湖書簡》書寫的正是心靈的湖面，和對世事淡泊的態度，我想在創作上我抒發的不僅僅是生活面，更多的是靈性面，藉詩傳遞一種出世的態度以及與大自然交融的思想，我總認為只有跳脫紅塵之外旁觀紅塵之事，心才能更加透澈澄淨。

感謝在詩路上提攜的所有師長和一路上支持鼓勵的詩友，感謝李瑞騰老師的〈葉莎十問〉，在提問的過程中，顯然花費了不少心力，並對這本詩集的創作提出種種獨特的觀察和想法；感謝詩人秀實在我出版的每一本詩集給我最真誠寶貴的意見，也從不推拒為我寫推薦序的請求，感謝尊敬的白靈老師在百忙之中為我寫推薦序。也感謝插畫家鄭宜芳小姐為這本詩集的封面完成唯美浪漫的設計，並衷心感謝秀威吳霽恆小姐及編輯群的付出。

這本詩集距離二〇一六年出版《陌鹿相逢》及《七月》已間隔七年，文字以自在的步伐前進，不停轉身、變身、化身，我也是。

二〇二四年秋分，葉莎於龍潭

語言文學類　PG3124　台灣詩學同仁詩叢13

淡水湖書簡

作　　者 / 葉　莎
主　　編 / 李瑞騰
責任編輯 / 吳霽恆
圖文排版 / 黃莉珊
封面插圖 / 鄭宜芳
封面設計 / 嚴若綾

發 行 人 / 宋政坤
法律顧問 / 毛國樑　律師
出版發行 / 秀威資訊科技股份有限公司
114台北市內湖區瑞光路76巷65號1樓
電話：+886-2-2796-3638　傳真：+886-2-2796-1377
http://www.showwe.com.tw
劃撥帳號 / 19563868　戶名：秀威資訊科技股份有限公司
讀者服務信箱：service@showwe.com.tw
展售門市 / 國家書店（松江門市）
104台北市中山區松江路209號1樓
電話：+886-2-2518-0207　傳真：+886-2-2518-0778
網路訂購 / 秀威網路書店：https://store.showwe.tw
國家網路書店：https://www.govbooks.com.tw

2024年12月　BOD一版
定價：320元

讀者回函卡

國家圖書館出版品預行編目

淡水湖書簡 / 葉莎著. -- 一版. -- 臺北市：秀威資
訊科技股份有限公司, 2024.12
面；　公分. -- (語言文學類；PG3124)(台灣
詩學同仁詩叢；13)
BOD版
ISBN 978-626-7511-23-7(平裝)

863.51　　　　113014539